Patricia Reilly Giff

Minnie & Co.

Der Fall mit dem Bernsteinring

Patricia Reilly Giff war 20 Jahre lang Lehrerin, bevor sie sich ganz dem Schreiben von Kinderbüchern widmete. Mittlerweile hat sie mehr als 60 Titel veröffentlicht. Sie lebt in Weston/Connecticut, wo sie auch eine eigene Buchhandlung betreibt.

Patricia Reilly Giff

Minnie & Co.
Der Fall mit dem Bernsteinring

Aus dem Amerikanischen
von Sibylle Hentschke
Mit Zeichnungen von Lynne Cravath

Deutscher Taschenbuch Verlag

Ungekürzte Ausgabe
In neuer Rechtschreibung
März 2002
Deutscher Taschenbuch Verlag GmbH & Co. KG,
München
www.dtvjunior.de

Titel der amerikanischen Originalausgabe:
The Adventures of Minnie and Max.
Kidnap at the Catfish Cafe ,
1998 erschienen bei Penguin Group, Viking, New York

ISBN 3-7817-0661-3
Umschlagkonzept: Balk & Brumshagen
Umschlagbild: Lynne Cravath
Gesamtherstellung: Kösel, Kempten
Printed in Germany · ISBN 3-423-70684-8

Inhalt

1. Kater

An einem Sommertag fiel Max buchstäblich in mein Leben und brachte sich dabei fast um. Ein schmutziges Bündel, nur Haut und Knochen, kläglich miauend und mit einem Blick, der zu sagen schien: Wie wär's mit ein bisschen was zu essen? Ich nehme alles.

Das war der Anfang.

Da war er dankbar für eine salzige kleine Sardine, ein Kraulen unterm Kinn und ein Schläfchen auf meinem zusammengerollten Sweatshirt.

Das dauerte etwa eine Stunde.

Dann richtete er sich endgültig bei uns ein. Bei mir, Minnie. In der Küche meines Bruders Orlando. Und vor allem in meinem Detektivbüro.

Ich muss gestehen, mit der Detektivarbeit war gerade nicht viel los. Keine Aufträge, keine besonderen Ereignisse, keine Fälle. Vielleicht, weil ich die Arbeit erst zwei Tage zuvor aufgenommen hatte. Meine früheren Geschäftsideen waren Flops gewesen. Mit SIE ANGELN – ICH RU-

DERE hat es nicht geklappt. Auch ERLEBEN SIE DIE HAIFISCHFLOSSENBUCHT – EIN DOLLAR DIE STUNDE lief nicht. Und MINNIES GOLDGRÄBER-GESELLSCHAFT war schlicht ein Reinfall.

Aber ich brauchte Geld. Und etwas zu tun.

Und dann habe ich wirklich etwas gefunden. Besser gesagt, wir haben es gefunden. Max und ich. Am besten, ich erzähle alles von Anfang an. Wie ich Max gerettet und den Tollpatsch und den Jungen kennen gelernt habe. Und von der Entführung. Die ganze Geschichte.

2. Krallen

Es war Montagmorgen. Ich saß unter Pier 12 an der Hafenstraße und frühstückte: ein Sandwich mit Sardinen. Mir ging es gut, ich fühlte mich wunderbar. Es war Sommer und ich musste nicht an die Schule denken oder mich mit Hausaufgaben rumärgern.

Vor mir lag die Haifischflossenbucht. Ich sah die *Seeschlange* mit einer Gruppe von Anglern auslaufen, dann strebte die *Zigeunerin*, ein schäbiger roter Schlepper, hinaus aufs Meer.

Auf der anderen Straßenseite, gegenüber vom Pier, deckte mein Bruder Orlando die Tische im Freien für das Mittagessen in der SEEWOLF-BAR. *Feine Küche des Südens*. Unter uns gesagt: Wozu die Mühe? Vielleicht würden vier Gäste kommen. Wenn Orlando Glück hatte. Seine einzige Beziehung zur Küche des Südens bestand darin, dass er in Florida geboren war. Das Südliche an seinen Gerichten waren Pfirsiche aus der Dose und gehackte Walnüsse mit eingestreuten Schalenresten, an denen man sich die Zähne ausbiss.

Wie auch immer. Ich saß da, dachte über dies und das nach und hörte zu, wie das Wasser unterm Pier plätscherte. Es roch nach Ebbe und Benzin von den Booten. Schuldbewusst, weil ich Orlando nicht half, zog ich den Kopf ein. Wenn er mich entdeckte, würde ich mich in null Komma nichts in der Küche beim Geschirrspülen wiederfinden. Bloß weil er zwölf Jahre älter war als ich, hielt er sich für meinen Vater.

In diesem Augenblick tauchte der Tollpatsch aus dem Nichts auf. Ein erwachsener Tollpatsch.

Die Brille rutschte ihr auf die Nasenspitze. Die blonden Haare wehten ihr in die Augen. Mit einer Büchse Würmer in der einen und einer Angel in der anderen Hand schlitterte sie über den Pier. Ihre Schnürsenkel waren offen. Mit offenen Schnürsenkeln zum Angeln? Ich lehnte mich zurück an die feuchten Stufen und beobachtete sie. Auf einmal zog es ihr die Beine weg und die Büchse Würmer flog durch die Luft.

Die Würmer waren wahrscheinlich begeistert, denn sie flogen vom Pier ins Wasser, in die Freiheit.

Ich wollte gerade aufstehen und ihr helfen, als ein Lastwagen die Straße entlanggerattert kam. Dröhnende Musik drang aus dem Seitenfenster.

Lumberjack stand in großen Buchstaben an der Seitenfront. Aus dem Heck ragten Bretter mit einem roten Warnfähnchen. Und da war eine Katze. Nein, ein Kater. Irgendwie wusste ich das. Mit angelegten Ohren klammerte er sich an ein Brett. Er sah aus, als ob er Angst hätte. Aber er fauchte wie verrückt. Ich war es, die Angst hatte. Jeden Moment würde der Kater eines seiner sieben Leben riskieren. Barfuß raste ich die Treppe rauf. Mein Herz klopfte.

Der Kater hatte Glück. Die Ampel sprang um auf Rot. Der Laster bremste und kam zum Stehen. In dem Moment war ich fast an der Straße. Ich musste einem Mann mit einem Eimer Fische ausweichen.

Ich sah, wie der Kater mit einer schmutzigen Pfote irgendetwas aus einem Spalt zwischen den Brettern zog. Was immer es war – es rollte über das Brett und der Kater schob es wie einen Ball immer weiter.

Währenddessen schrie ich aus Leibeskräften, um die Aufmerksamkeit des Fahrers zu erregen. Dann wurde die Ampel grün und der Laster fuhr an. Das Spielzeug des Katers fiel hinaus. Mit erhobenem Schwanz und ausgestreckter Pfote sah er dem Ding mit seinen gelben Augen nach.

Und auf einmal war mir klar, was dieses magere, jämmerlich aussehende Tier tun würde.

Obwohl ich es nie zuvor gesehen hatte. Ich raste hinter dem Wagen her und streckte die Arme aus, so hoch ich konnte. Und der Kater sprang. Direkt in meine Arme.

Es machte mir nichts aus, dass er die Krallen so fest in meine Arme schlug wie vorhin in das Brett. Ich kümmerte mich auch nicht darum, dass ich mir beide große Zehen am Bordstein anstieß, als ich von der Straße rannte.

Er war in Sicherheit. Und ich auch. Orlando stellte Teller neben die Bestecke und hatte gar nicht gemerkt, was passiert war. Auch der Tollpatsch nahm keine Notiz davon. Die Haare über den Augen, fuchtelte sie mit ihrer Angel herum.

Als ich wieder unten auf der Treppe war, sammelte ich die Reste meines Frühstücks auf und schlich hinunter auf ein Floß, das an einem Pfahl befestigt war. Ich nahm die letzte salzige Sardine aus dem Sandwich und hielt sie dem Kater hin. Es würde nicht genug sein. Später würde ich mich durch den Hintereingang in die Seewolfbar schleichen müssen und nach etwas anderem Ausschau halten. Vielleicht ein Stück Makrele mit Pfirsich. Ich musste sowieso bald zurück. Servietten falten, Brotkrümel unter den Tischen zusammenkehren.

Allerdings achtete Orlando seit einigen Tagen nicht besonders auf Servietten oder Krümel unter den Tischen. Er wartete auf einen ganz bestimmten Gast. Weiblich und rothaarig.

»Sie war erst einmal hier«, hatte er gesagt. »Meine gedämpften Krabben haben ihr so gut geschmeckt. Und mein Fisch auch. Sie sagt, sie kocht gern. Sie kommt wieder, ganz bestimmt.« Nachdenklich zwirbelte er seinen Schnurrbart. »Sie hat sogar Kichererbsen in die gebratenen Pfirsiche getan. Ein neues Rezept. Ich glaube, das mache ich jetzt montags als Tagesgericht.«

Der Kater verzehrte genüsslich die Sardine. Das war sein Tagesgericht. Dann rieb er seinen dürren Körper an meinen Beinen. Ich beugte mich hinunter und streichelte sein struppiges Fell. Er schnurrte laut und rollte sich zu einem Schläfchen zusammen.

Keine Ahnung, was mich dazu bewegte, noch einmal auf der Straße nachzusehen. Keine Ahnung, warum ich wissen wollte, womit der Kater gespielt hatte. Jedenfalls sah ich etwas, rund wie eine Murmel. Ich behielt das Ding im Auge und warf gleichzeitig einen Blick auf die Seewolfbar. Dort war inzwischen ein Gast eingetroffen, Mrs Vorr. Ich wartete, bis Orlando mit dem Tablett auf einer Handfläche wieder in der Küche verschwand. Dann stürzte ich auf die Straße, hob das Ding auf und zog mich wieder unter den Pier zurück. »Nicht schlecht, Max«, sagte ich. Der

Name war mir einfach so eingefallen. Er sah mich an.

»Ich bin Minnie«, erklärte ich ihm. Und dann öffnete ich die Hand.

Ich konnte nicht glauben, was ich da sah.

Ich konnte es einfach nicht glauben.

3. Küche

Ein Ring. Er war wunderschön. Ein silberner Ring mit einem silbern gefassten Bernstein. Ich versuchte die Farbe zu beschreiben. *Köstlich golden wie Honig* heißt es in einer Müsli-Werbung. Genau, das war es.

Jeder, der eine Weile in der Haifischflossenbucht lebte, wusste über Bernstein Bescheid. Und Orlando und ich lebten hier, so weit ich zurückdenken konnte. Als mein Vater und meine Mutter starben, nahm Bird Berry uns auf, eine Freundin unserer Eltern. Aber dann wuchs Orlando zu einem großen und großartigen jungen Mann heran, ihm wuchs sogar ein Schnurrbart. Und auf einmal war er groß genug, ein Restaurant aufzuziehen. Und er war sogar groß genug, mich aufzuziehen. Bird Berry zog auf eine Insel und züchtete Tauben.

Manchmal dachte ich über meine Mutter nach. »Sie war genau wie du, Minnie«, hatte Orlando gesagt. »Immer auf dem Sprung.« Und ich dachte an meinen Vater. »Genau wie Orlando, Schnurrbart und alles«, hatte Bird Berry gesagt. Aber sie waren vor so langer Zeit gestorben, dass ich mich kaum an sie erinnern konnte.

Jetzt hielt ich den Ring hoch, kniff ein Auge zu und hielt mir den Stein vor das andere. Plötzlich war alles golden wie Orangenmarmelade. Bernstein kommt von weit her, von der Ostsee. Und viele Leute aus der Haifischflossenbucht stammen von dort. Ich glaube, alle besitzen Schmuckstücke aus Bernstein.

Ich drehte den Ring in meiner Hand. Er fühlte sich gut an. Ich schloss die Augen.

Da spürte ich, dass mich jemand musterte. Es war Max. Hellwach. Er starrte mich an. Ich starrte zurück. Mir war klar, was er wollte. Ein Stückchen Hühnerfleisch, eine Scheibe Lachs, ein Rädchen Wurst. Er war am Verhungern.

Ich hob ihn auf meine Schulter und spürte, wie er sein spitzes Kinn an meiner Haut rieb. Ich steckte den Bernsteinring in die Jeanstasche, zog die Turnschuhe an und machte mich auf in Richtung Seewolfbar.

Das Mittagessen war vorbei. Orlando würde jetzt in unserem Ruderboot ein Schläfchen halten. Gut so. Ich würde die Spülmaschine einräumen und den Boden in der Küche wischen. Und

Max konnte sich an Garnelen satt essen. Ich steckte mir eine in den Mund und schob ihm die Schüssel hin, als wir wenige Minuten später in der Küche waren.

Dann begann ich mit der Arbeit. Orlando würde sich fühlen wie im Himmel. Ich putzte, bis Spülbecken und Fußboden nur so glänzten. Und dabei dachte ich daran, wie reich Max und ich waren. Der Bernsteinring schimmerte und glänzte in meiner Tasche. Wie Dollarzeichen auf einer Neonreklame.

Ich konnte den Ring in einem der Schmuckläden an der Hafenstraße verkaufen. Es gab unzählige Möglichkeiten, das Geld dafür auszugeben. Das Wichtigste war, Orlandos Restaurant anzukurbeln. Wir könnten einen Koch anstellen. Einen richtigen Koch, der nicht nur Pfirsiche in alles schnipselte …

Aber Moment mal. Bernstein rollte einem vielleicht am Ostseestrand von ganz allein vor die Füße, nicht aber in der Haifischflossenbucht. Dieser Ring gehörte irgendjemandem. Ich langte über Max' Kopf und griff mir noch eine Garnele. Hinter mir ging die Küchentür auf. Ich drehte mich um und sah Orlando, der mit den Händen auf die Hüften gestützt dastand.

Mit ausgestrecktem Finger zeigte er auf Max.

»Eine Katze? Sehe ich recht? Eine Katze in meiner Küche?«

Manchmal kann Orlando ganz schön dramatisch sein.

»Raus!«, rief er. Sein Schnurrbart zitterte vor Empörung.

Ich tippte mir an die Stirn. Wenn ich will, kann ich auch dramatisch sein. »Nein«, sagte ich, »das ist ein Panther aus dem afrikanischen Regenwald.«

Meistens lacht Orlando über so etwas. Aber diesmal schloss er die Augen. »Wenn ich die Augen aufmache«, sagte er, »möchte ich diese Katze nicht mehr sehen. Nie wieder.«

»Es ist ein Kater«, verbesserte ich ihn. »Und woher sollte Max wissen, dass er nicht auf den Küchentisch springen darf? Und dass die Garnelen nicht für ihn bestimmt waren?«

»Garnelen?« Orlando schaute in die leere Schüssel. »Fünfundzwanzig Garnelen! Genug für fünf Gäste.«

Beinahe hätte ich gesagt: Wir haben nie fünf Gäste. Aber ich hielt lieber den Mund.

»Bring den Kater zurück«, befahl Orlando.

»Ich weiß nicht, wohin …«

Er schüttelte den Kopf. »Nein, Minnie. Ich kann nicht ein Restaurant betreiben, für dich sorgen und auch noch für eine Katze.«

Max hatte sich unter dem Tisch verkrochen und schaute zu Orlando auf, als hätte der den Verstand verloren.

»Bitte!« Ich hatte einen Kloß im Hals. »Ich hab noch nie eine Katze gehabt. Und ich weiß genau, was Max jetzt denkt.«

Einen Augenblick sah mich Orlando mitleidig an. Dann schüttelte er den Kopf. »Leider hast du nicht gewusst, was er isst.« Er stellte die leere Garnelenschüssel ins Spülbecken.

»Er war am Verhungern«, sagte ich. »Es kommt ganz bestimmt nicht wieder vor.«

Orlandos Schnurrbart bewegte sich wie in einem Gewittersturm.

Ich biss mir auf die Lippen. »Komm, Max!«

Max kam unter dem Tisch hervor, warf Orlando noch einen Blick zu und folgte mir nach draußen. Ich setzte mich auf den Bootssteg an der anderen Straßenseite und Max rollte sich auf meinem Schoß zusammen.

Wir saßen in der Sonne und beobachteten die Fischerboote und die braun gebrannten Fischer, die mit ihrem Fang zurückkehrten. Wir hörten ihre Rufe: »Frischer Fisch! Frischer Fisch!«

Die Möwen waren schon zur Stelle, bereit zum Kampf um Abfälle und Fischköpfe. Und ich grübelte darüber nach, was ich tun sollte. Max und ich gehörten zusammen, das wusste ich genau.

Ich streichelte seinen knochigen Rücken. Am Hals hatte er ein paar schneeweiße Haare. Schon nach dem ersten bisschen Essen sah er besser aus. Sein Fell begann zu glänzen.

»Was sollen wir machen?«, flüsterte ich.

Max antwortete nicht. Natürlich nicht. Er schaute mich nur mit Augen an, die so gelb waren wie eine Schwimmweste.

In meinem Kopf arbeitete es. Ich könnte einen Karton mit meinem alten Bademantel auspolstern und Max ein Plätzchen unterm Pier einrichten. Futter würde ich schon auftreiben. Aber was sollte im Winter werden? Dann waren die Stufen feucht und glitschig und es war viel zu kalt dort unten im Nebel, der vom Wasser aufstieg. Ich sah schon vor mir, wie Max zitterte vor Kälte.

Nein. Er brauchte ein Zuhause.

Dann fiel mir plötzlich etwas ganz anderes ein. Wenn er nun jemandem gehörte? Wenn er sich verlaufen hatte?

Ich musste es herausfinden. Vielleicht würden die Besitzer erlauben, dass ich ihn besuchte. Der Kloß in meinem Hals war so groß wie der Bernstein an dem Ring in meiner Tasche. Und da fiel mir ein, dass ich noch etwas herausfinden musste. Und zwar, wem der Ring gehörte.

Ich hatte einen Fall. Genauer gesagt hatte ich zwei Fälle. Das Geschäft lief an.

4. Klubhaus

Es war dampfig heiß und auf dem Pier waren viele Leute. Die Hälfte der Bewohner der Haifischflossenbucht wollte frische Flundern zum Abendessen kaufen. Die andere Hälfte versuchte sich ihren Fisch selbst zu fangen.

Ich setzte mich auf eine Bank. Ich wollte nachdenken. Max wollte spielen. Er stand auf meiner Schulter und versuchte meinen Pferdeschwanz zu fangen.

»Wir müssen herausfinden, wohin du gehörst«, sagte ich.

Max ging zum Angriff über. »Au«, sagte ich. Ich musste mit dem Laster anfangen und versuchte mich an alles zu erinnern, was ich gesehen hatte.

»So ein Pech, dass du nicht reden kannst, Max«, murmelte ich. »Dann wäre es kein Problem den Laster zu finden.«

Max runzelte die Stirn. Wirklich. Zwischen seinen gelben Augen war eine dünne Falte.

Seine Schnurrhaare schienen sich zu sträuben.

Bei dem Versuch mich zu erinnern runzelte ich ebenfalls die Stirn. »Es war ein Tieflader. Grün. Stimmt's?«

Max schaute aufs Meer. Ich auch. Es war glatt wie Seide. Die Möwen, die auf dem Geländer des Piers saßen, spiegelten sich im Wasser.

Ich schloss die Augen. »Rote Warnflagge am Heck. Aufschrift *Lumberjack* an der Seite. Ich glaube, den habe ich mal in der Werkstatt gesehen.«

Vor mir holte jemand einen Fisch ein. Der silbrige Körper zappelte an der Angel. Der Angler beugte sich vor.

Die Anglerin. Blondes Haar hing ihr in die Augen, die Brille saß auf der Nasenspitze. Der Tollpatsch? Die hatte einen Fisch gefangen?

Keineswegs. Eine Drehung – ein gewaltiger Sprung – Wasser spritzte nach allen Seiten – und der Fisch war weg.

Ich konnte ihr Gesicht sehen. Ein trauriger Anblick. Doch dann schaute sie mich an. Durch die Haarsträhnen sah ich ihre Augen. Sie waren tiefblau. Sie winkte mir zu. Alles in allem war sie gar kein so trauriger Anblick.

Aber ich hatte jetzt keine Zeit.

Ich versuchte mit dem Finger die Falte auf

Max' Stirn zu glätten. »Soll ich dich tragen?«, fragte ich. »Oder willst du laufen?«

Er sprang von meinem Schoß und lief auf den Bürgersteig. »Du weißt, wo du hinwillst«, sagte ich. »Du hast es die ganze Zeit gewusst.«

Die Bemerkung hätte ich mir sparen sollen. Am nächsten Pier blieb Max stehen und setzte sich auf die Bordkante. Einer Möwe, die ihn anschrie, schenkte er nicht die geringste Aufmerksamkeit. In aller Ruhe begann er seine Vorderpfoten zu putzen. Er leckte und leckte. Dann fuhr er die Krallen aus und warf einen Blick darauf. Aber er war noch nicht zufrieden. Er bearbeitete die Tatzen von unten.

Mir klebte das T-Shirt am Rücken. »Du willst Zeit schinden.« Ich nahm ihn auf die Schulter und ging auf den nächsten Pier zu. Endlich waren wir an der Werkstatt. Überall standen Lastwagen, Pritschenwagen, Frontlader und ein paar Tieflader.

Max schlug die Krallen in meine Schulter.

»Komm schon«, sagte ich. »Es ist heller Tag und wir wollen uns bloß ein bisschen umsehen. Wir können jederzeit abhauen.«

Und dann sah ich ihn. Die Aufschrift *Lumberjack* an der Seite. »Dieselbe Farbe«, erklärte ich Max. »Dieselbe Aufschrift. Derselbe Laster.«

Max schloss die Augen.

Ein Mann mit einem Eimer Seifenwasser kam aus der Werkstatt. JACK war in blauen Buchstaben auf seinen Arm tätowiert. Auf dem anderen trug er ein blaues Herz als Tätowierung. Ich wäre beinahe losgerannt. Ich wollte Max nicht zurückgeben. Und schon gar nicht einem Kerl, der seine Haut als Malbuch benutzte.

Max hatte offenbar ähnliche Gedanken. Er krallte sich an meinem T-Shirt fest.

Ich rannte nicht. Meine Füße waren wie festgewachsen.

Der Mann sah auf. Er sah nicht schlecht aus, nicht wie ein Mörder. Aber wer wusste schon, wie ein Mörder aussah?

»Ist das Ihr Kater?«, fragte ich so gleichgültig, wie ich konnte.

Mit kraftvollen Bürstenstrichen säuberte der Mann das Auto. »Ich hab einen Schäferhund«, sagte er. »Der würde die halbe Portion da zum Frühstück vernaschen.«

»Der Kater ist nicht auf Ihrem Laster gewesen?«

Der Mann schaute Max an. »Auf meinem Laster? Da würde er mit Lichtgeschwindigkeit runterfliegen.«

Ich öffnete den Mund zu einer Erklärung. Aber es war zu heiß. Ich wischte mir den

Schweiß von der Stirn. »Wer könnte wissen, wem der Kater gehört?«

»Vielleicht der Junge. Er ist so ungefähr in deinem Alter. Er hängt immer in dem vergammelten Bootshaus da rum.« Jack deutete in die Richtung. »Er nennt es Klubhaus. Irgendein Klub.«

Unter dem letzten Pier waren Felsen und ein Bootshaus. Der Mann hatte Recht. Es war vergammelt. Nur noch eine Ruine. Am Eingang war eine Art Verschluss aus gekreuzten Brettern. Wahrscheinlich kam man mit einem Boot vom Wasser her leichter rein.

Aber unser Boot, die *Krebsschere,* war weit weg. Mich würde der Hitzschlag treffen, wenn ich zurückging, um es zu holen. Ich nickte dem Mann zu, sagte »Danke« und lief los. Dann drehte ich mich noch einmal um. »Fehlt Ihnen irgendetwas?«

»Mir fehlt eine Million Dollar. Oder ein Boot, das mich aus dieser Bucht hier rausbringt. Oder ...«

»Ein Bernsteinring?«

Er tauchte die Bürste ins Wasser, fuhr damit über den Laster und dachte nach. »Nein«, sagte er schließlich.

Ich nickte. Dann ging ich mit Max auf den Pier zu. Mühsam stieg ich über die Felsen.

»Stopp«, sagte ich zu Max. »Ich muss erst mal wieder zu Atem kommen.«

Die Felsen waren kantig. »Nicht so toll zum Hinsetzen.« Ich hockte mich auf eine Ecke, fühlte in der Hosentasche nach dem Bernsteinring und zog ihn heraus.

Feine braune Linien liefen durch den Stein. Ich wusste, warum. Mrs Vorr, unser treuester Gast, hatte es mir erzählt. Bernstein ist Harz von Bäumen, hatte sie gesagt. Zähflüssiger, klebriger Saft. Blätter oder Insekten fallen hinein. Und dann wird das Harz fest und der Bernstein mit dem Zeug darin hält für die Ewigkeit.

Ich drehte den Ring in meiner Hand, aber Max drängte zum Aufbruch. Ich steckte den Ring wieder in die Tasche und kämpfte mich unter dem Pier bis zum Klub durch. »He!« Ich trommelte mit der Faust an die Tür.

Keine Antwort. Nichts. Ich nahm Max auf den Arm und versuchte die Tür zu öffnen. Ein Stückchen ging sie auf. Drinnen war es stockdunkel. Ich sah überhaupt nichts. Im Gegensatz zu Max.

Er verkrallte sich in meinem T-Shirt. Dann benutzte er meine Schulter als Sprungbrett und sprang zurück. Über die Felsen. Weg vom Pier. Und schon war er verschwunden.

Ich hatte keine Zeit mehr, mir das Klubhaus

STAY
OUT

anzusehen. Ich musste Max hinterher. Ich wollte gerade die Tür schließen, da spürte ich, dass jemand hinter mir war. Der leise Tritt von Turnschuhen – dann schob mich etwas, schob mich immer weiter …

Und dann war ich im Klubhaus. Ich fiel kopfüber, zerschrammte mir die Knie auf dem schmutzigen Boden, und die Tür schlug zu.

Ich war eingesperrt.

5. Kitty

Für einen Augenblick blieb mir die Luft weg. Aber dann fiel mir ein, dass ich Detektivin war. Durch einen Spalt unter der Tür kam ein dünner Streifen Licht. Ich schob mich darauf zu und spähte hinaus. Zuerst sah ich die Spitze eines Turnschuhs. Er steckte an dem knochigsten Bein, das ich je gesehen hatte.

»He, lass mich raus!«, schrie ich.

Der Turnschuh blieb nicht stehen, sondern verschwand mitsamt dem knochigen Bein.

Mit beiden Händen versuchte ich die Tür aufzudrücken. Sie bewegte sich nicht. Ich setzte mich hin, lehnte mich mit dem Rücken an die Wand und trat mit beiden Füßen gegen die Tür, so fest ich konnte. Ohne Erfolg. Eine Spinnwebe strich mir übers Gesicht. Ich zitterte, obwohl es bestimmt vierzig Grad heiß war. Gleich würde ich weinen. Und ohnmächtig werden. Und ich würde für ewig hier eingesperrt sein. Orlando und ich waren immer zusammen gewesen. Er würde sich solche Sorgen um mich machen. Und was sollte aus Max werden?

Ich hörte ihn maunzen und sah eine kleine schwarze Pfote, die am Spalt unter der Tür kratzte.

»Es hat keinen Zweck«, sagte ich zu ihm. Mit dem Finger griff ich durch den Spalt und berührte ein Stückchen seines weichen Fells.

Auf einmal war da eine andere Stimme. »Vorsicht, Katze!«, rief sie.

Jemand warf sich gegen die Tür. Sie öffnete sich nach innen und schlug gegen die Wand. Der Jemand flog hinein und landete auf mir. Der Tollpatsch.

»Nun habe ich mir schon wieder die Knie aufgeschlagen«, sagte sie.

Ich antwortete nicht. Ich war viel zu durcheinander. Da hatte ich mir nun alle Mühe gegeben, die Tür nach außen aufzustoßen. Dabei öffnete sie sich nach innen. Schöne Detektivin!

»Ein komischer Ort, um sich darin einzusperren«, sagte der Tollpatsch.

»Ich war das nicht.« Mit dem Handrücken wischte ich mir über die Augen, bevor sie die Tränen sehen konnte. »Es war ein Verrückter. Ein magerer Verrückter.«

»Der Junge.« Der Tollpatsch nickte und fügte hinzu: »Gehen wir lieber raus. Ich bin allergisch gegen Spinnen. Und gegen Dunkelheit auch.«

Draußen setzten wir uns auf einen Felsen. Max sprang auf meinen Schoß und leckte mir mit seiner rauen Zunge das Gesicht. Ich streichelte ihn, tauchte die Füße ins Wasser und spürte den Tang an meinen Zehen.

Der Tollpatsch zog die Turnschuhe aus. Gestreift lackierte Zehennägel, stellte ich fest. Sah gut aus. Ob sie wohl merkte, dass ich geweint hatte?

Da sagte sie: »Mir tränen manchmal die Augen im Dunkeln.«

Ich lächelte und schniefte.

»Wo wohnst du eigentlich?«, erkundigte sich der Tollpatsch.

»Da drüben.« Ich zeigte auf das Restaurant.

»Bei dem Typ da?«, fragte sie. »Schwarzer Schnurrbart, weiße Zähne. Kocht mit Pfirsichen.«

»Genau. Das ist mein großer Bruder. Er heißt Orlando.«

»Er ist nett«, sagte sie.

»Hm.« Mir ging gerade etwas anderes durch den Kopf. »Wieso kannst du eigentlich so gut sehen ohne Brille?«

Der Tollpatsch hob die Hände. »Du hast mich erwischt. Gute Detektivarbeit.«

»Ich bin ja auch Detektivin.« Das war nicht ganz die Wahrheit. Aber auch keine direkte Lüge. »Es ist mein erster Fall«, fügte ich schnell hinzu.

Sie verbeugte sich leicht und lächelte. »Katherine Kirov. Meine Freunde nennen mich Kitty. Ich bin Streifenpolizistin. Kontaktbereichsbeamtin. Mein Bezirk ist die Hafengegend.«

Ein Cop! Ich konnte es kaum fassen.

»Die Brille war nur zur Tarnung.« Kitty griff sich an den Kopf und zog an ihren Haaren. »Die Perücke auch. Ich habe jede Menge davon. Alles nur Verkleidung.«

Sie sah jetzt aus wie eine ganz andere Person. Tiefblaue Augen und den Kopf voller schwarzer Locken. Toll!

Ich konnte es kaum erwarten, alles über ihren Fall zu hören, aber da sagte sie schon: »Ich darf kein Wort sagen.«

»Natürlich nicht«, antwortete ich enttäuscht.

Sie legte ihre Tasche auf einen Felsen. »Na ja, vielleicht ...«

Ich schluckte. »Ich verrate es keinem.«

»Eine peinliche Geschichte«, begann sie. »In der Gegend hier klaut irgendjemand Handtaschen.«

Na toll. Das war vielleicht ein Fall.

Sie biss sich auf die Lippen. »*Mir* ist die

Handtasche geklaut worden. Mit zehn Dollar und einer blauen Brieftasche. Ich muss das in meiner Freizeit aufklären. Wenn meine Kollegen dahinter kommen, werden sie bis in alle Ewigkeit darüber spotten.«

Ich nickte. »Mein Fall ist der Kater hier. Ich versuche rauszufinden, wem er gehört.«

Der Tollpatsch kraulte Max hinter den Ohren. »Sieht so aus, als gehört er zu dir.«

Mir kamen schon wieder die Tränen. Da fiel mir etwas anderes ein. Der Bernsteinring. Ich musste ihr davon erzählen. Ich fasste in die Hosentasche. Er war nicht da. Ich durchsuchte sämtliche anderen Taschen meiner Jeans. Der Ring war weg.

6. Katzenwels

Es war Montagabend. Das Restaurant war geschlossen. Für Orlando und mich würde es gleich ein Seewolf-Festmahl geben. Für Max später auch, aber das wusste Orlando nicht.

Orlando stand am Herd. Er wälzte die Fische in Semmelbröseln und legte sie dann in die Pfanne. Dabei sang er und erfand den Text aus dem Stegreif. »*Wir haben ein Dutzend Fische. Bester Seewolf, auch Katzenwels genannt. Rothaarige Lady, möchtest du nicht kommen?*«

Ich war tief in Gedanken. Ein schönes Detektivbüro hatte ich da. Anstatt Dinge zu finden, verlor ich sie. Wo mochte der Bernsteinring sein? Ich warf einen Blick auf die Tür zu meinem Zimmer. Ich hatte Max dort eingesperrt. Hoffentlich schlief er.

Orlando legte mir drei Fische auf den Teller. »Für mein Mädchen Nummer eins«, sagte er.

»Ich dachte, das ist die Rothaarige.«

Orlando spießte Fisch vier, fünf und sechs auf

und füllte seinen eigenen Teller. Er zwirbelte den Schnurrbart und grinste. »Du willst doch Detektivin sein. Warum findest du sie nicht für mich?«

Ich runzelte die Stirn. Eine Freundin für Orlando zu finden war mit Sicherheit keine Detektivarbeit. »Ich brauche einen Vorschuss«, sagte ich. »Bar.«

Er sah mich ernst an, sagte aber nichts. Ich biss mir auf die Lippen. Ich wusste, dass wir nicht viel Geld hatten. Gerade mal genug, um das Restaurant nicht schließen zu müssen. Ich verdrängte den Gedanken daran, was passieren würde, wenn nicht bald mehr Gäste kamen. Genüsslich wälzte ich ein Stück Fisch in Orlandos selbst gemachter Weinsoße. Es schmeckte wunderbar. Sein bestes Gericht.

Das fand Max offenbar auch. Eine kleine schwarze Pfote erschien unten im Türschlitz. Ich räusperte mich und sprang auf. »Bin gleich wieder da«, sagte ich, nahm Fisch sieben und acht von der Platte auf dem Herd und stürzte hinaus.

»Es wird doch alles kalt«, sagte Orlando mit dem Mund voller gebratener Pfirsiche.

Aber da war ich schon raus aus der Küche und in meinem Zimmer. Orlando hatte auch gar keine Zeit mehr für einen weiteren Protest, denn es klopfte jemand ans Fenster.

»Glück gehabt«, sagte ich zu Max und tätschelte kurz seinen Kopf. Aber er reagierte nicht. Er war nur interessiert an dem Fisch.

Ich ging zurück in die Küche. Max war nicht der Einzige, der auf eine Mahlzeit hoffte. Am Fenster war ein kahler Kopf zu sehen, der im Licht glänzte. Der Faule Fred, die größte Landplage in der Haifischflossenbucht. Fred war zu faul, sich Arbeit zu suchen. Er lag immer nur am Strand oder hing am Pier rum. Er angelte nicht einmal. Er ist zu faul, einen Köder an den Angelhaken zu stecken, hat Orlando mal gesagt.

Orlando sah Fred an und schüttelte den Kopf. Nein. Ich wusste, er meinte es nicht so. Und Fred wusste das auch. Einen Augenblick später legte Orlando Fisch neun, zehn und elf auf eine Serviette und gab sie Fred, der an die Tür gekommen war. Zehn Minuten lang mussten wir uns Freds Gejammer anhören. Er hatte kein Geld. Und wenn er mal was hatte, wurde es ihm gestohlen. Was sollten bloß seine Verwandten denken, wenn sie aus Europa zu Besuch kamen? Endlich ging er, noch immer vor sich hin redend.

Orlando verdrehte die Augen und schloss die Tür.

»Der hört nie auf zu jammern«, sagte ich.

»Ein mieser Typ«, murmelte Orlando und teilte den letzten Fisch für uns.

Was würde er sagen, wenn er wüsste, dass

Max auch gerade Fisch aß? Auf einmal kam ich mir selbst ganz schön mies vor. »Ich habe mir zwei Fische vom Herd genommen«, sagte ich.

»Das ist dein Zuhause, Minnie. Genauso wie meins. Ich freue mich immer, wenn es dir schmeckt.« Er nahm den letzten Rest Fisch mit einem Bissen. »Besonders, wenn ich es gekocht habe.«

Ich öffnete den Mund, um zu sagen: *Warum darf ich dann den Kater nicht behalten?* Aber ich wusste, es war sinnlos. Orlando machte zwei große Pfirsicheisbecher zurecht. Und danach kündigte ich an, ich würde abwaschen und aufräumen. »Bratpfanne und alles.«

Orlando wollte mit dem Boot zum Angeln und ich machte mich an die Arbeit. Mir ging es nicht nur ums Aufräumen. Ich war auf der Suche nach dem Bernsteinring. In jedem Schrank, in jedem Fach schaute ich nach. Fast eine Stunde lang. Es gab ungefähr hundert Teller, die meisten angeschlagen, und an die tausend Tassen.

Ich hockte mich hin. Die alten Teller mit dem roten Rosenmuster fehlten. Ebenso die dazugehörigen Tassen. Schreckliche Teile, aber wenigstens nicht angeschlagen. Ob Orlando sie weggeworfen hatte? Ganz hinten im Schrank stand eine alte rosafarbene Vase. Ich nahm sie in die Hand. Sie hatte meiner Mutter gehört. Ich strich darüber und stellte sie zurück. Ich war froh, dass Orlando die Vase nicht auch weggeworfen hatte.

In meinem Zimmer begann ich mit Max zu spielen. Drei Minuten lang. Es war nichts als Zeitverschwendung.

Den Bernsteinring hatte ich immer noch nicht gefunden.

7. Kidnapping

Das Außenthermometer an der Küchenwand zeigte dreißig Grad. Ich schaute zu, wie Orlando Salat putzte, Tomaten in Scheiben schnitt und Rettich zerkleinerte. Bald würde ich Brotscheiben in den Toaster stecken. Fürs Mittagessen in der Seewolfbar.

»Wieder ein heißer Tag«, teilte ich Orlando freundlich mit. Ich wollte ihn in gute Laune versetzen. So schnell wie möglich musste ich aus der Küche verschwinden. Ich hatte einen Fall zu lösen. Und eine richtige Detektivin konnte mir dabei helfen. Ich lächelte still vor mich hin. Vielleicht entwickelte sich mein Detektivbüro besser als erwartet.

»Affenhitze«, knurrte Orlando. »Vergiss nicht, die Anchovis in den Salat zu tun.«

Den ganzen Vormittag lang hatte er schon schlechte Laune. Der Fisch war verdorben, das Eis geschmolzen, das Mineralwasser war zu warm, der Kaffee zu kalt.

Zum Glück hatte er keine Ahnung, wer da direkt vor seiner Nase schlief. Im Regal, wo die Töpfe standen. In der großen blauen Mixschüssel. Nachdem er alle Anchovis aufgegessen hatte.

Zum Glück wusste er nicht einmal, dass Max immer noch mein Kater war. Meiner und Orlandos. »Wir sollten die Anchovis lieber weglassen«, sagte ich.

Er legte den Kopf schräg. »Vielleicht hast du Recht.«

Trotz seiner schlechten Laune hatte Orlando heute etwas Nettes gemacht. Er hatte mir zwei Dollar gegeben.

»Wofür?«, hatte ich gefragt.

»Taschengeld. Ich habe so wenig Zeit, was mit dir zu unternehmen. Mal zum Angeln gehen oder zu einem Fußballspiel.«

»Vielen Dank!« Ich wedelte mit den Scheinen in der Luft herum. »Du bist der Beste.«

Ich war nicht scharf auf Angeltouren oder Fußballspiele. Für so etwas hatte ich auch keine Zeit.

Draußen hörte man das Scharren eines Stuhls. Wir hatten einen Gast. Orlando spähte durch die Gardine. Er hoffte bestimmt, dass es die Rothaarige war.

Sie war es nicht. »Geh raus und nimm die Bestellung entgegen, Minnie«, sagte er. »Ich muss das hier fertig machen.«

»Nein, geh du«, widersprach ich.

Sein Schnurrbart zitterte. »Wer ist hier der Chef?«

»Kinderarbeit ist verboten«, sagte ich.

»Als ob du arbeiten würdest!«

»Du hast mir gerade befohlen eine Bestellung aufzunehmen.«

Er griff nach einem Gewürzglas. »Es ist Mrs Vorr«, sagte er. »Wer auch sonst. Und die hat mir gerade noch gefehlt. Sie bringt mich um mit ihrem Gerede. Immer über diesen Kerl, der sie verlassen hat.«

»Mischa«, sagte ich und schloss die Augen. Heute würde ich nicht mehr aus diesem Restaurant herauskommen. Der Tollpatsch würde mich nie wieder sehen.

»Du wolltest doch, dass ich den Salat fertig mache«, sagte ich. »Und das werde ich auch tun. Nach meinem Feinschmecker-Rezept. Mit Pfirsichstückchen.« Ich lächelte selbstzufrieden. Das würde ihm gefallen.

So war es auch. Er schenkte mir ein breites Lächeln. Ich muss gestehen, Orlando sieht toll aus, wenn er lächelt und dabei seine perfekten weißen Zähne zeigt. Aber an der Sache änderte es nichts. Er deutete mit dem Finger zur Tür und schon war ich draußen an Mrs Vorrs Tisch.

Mrs Vorr hat einen Wust schwarzer Haare mit grauen Strähnen. Sie trug eine Bernsteinkette, schwer genug, um ein Schiff damit zu versenken. Sie hatte zwei Bernstein-Armbänder und, jawohl, zwei Bernsteinringe.

Sie hatte bereits den Mund geöffnet und zeigte ihre bernsteinfarbenen Zähne. »Minnie, mein süßes kleines Schätzchen!«, rief sie.

Ich mochte Mrs Vorr. Obwohl sie so viel redete und ständig von ihrem geliebten Mischa erzählte, der sie verlassen hatte. Sie hatte so ein herzliches Lachen und dabei blitzten ihre Augen. Jetzt lachte sie nicht und ich versuchte sie aufzuheitern.

»Wir haben einen süßen kleinen Salat heute«, sagte ich zu ihr. »Ein richtiges Schätzchen. Ein Überraschungssalat.« Mrs Vorr aß für ihr Leben gern. Ich hätte ihr erzählen können, dass es heute gebratene Stuhlbeine gab. Ihr wäre trotzdem das Wasser im Mund zusammengelaufen.

Sie lächelte kurz, dann seufzte sie. »Ich bin gestern Abend bestohlen worden«, berichtete sie. »Ausgeraubt.«

Orlando kam mit einem beschlagenen Glas Eistee auf einem Tablett. »Ausgeraubt?«, wiederholte er.

»Meine Handtasche«, sagte sie. »Mit einer Million ...«

»Dollar?«, unterbrach ich sie.

Mrs Vorr zwinkerte.

Orlando sah mich mit gerunzelten Augenbrauen an. Ich wusste, was er dachte. Mrs Vorr war vermutlich nicht viel reicher als ich mit meinen zwei Dollar.

»Kein Geld«, sagte sie. »Meine Tasche war voll gestopft mit allem möglichen Kram. Mein bestes Taschentuch. Eine U-Bahn-Fahrkarte. Eine Million Pennys. Und ein Foto von Mischa. Das ist am schlimmsten.«

Der Taschenräuber hatte wieder zugeschlagen. Nicht zu fassen.

Mrs Vorr hob anklagend den Arm. »Mein einziges Foto von Mischa! Ich habe immer gedacht, er hat mich wegen der Wohnung verlassen. Weil immer noch alles voller Haare von meinem armen Scotchterrier ist. Aber jetzt, nach dem Handtaschenraub, frage ich mich, ob er gekidnappt worden ist.«

»Was ist mit dem Hund passiert?«, fragte ich. Meine Gedanken rasten.

»Du wirst in der Küche gebraucht.« Orlando warf mir einen strengen Blick zu.

»Er ist an Altersschwäche gestorben«, erklärte

mir Mrs Vorr. »Er war schon sechzehn Jahre alt.«

»Haben Sie gesehen, wer Ihnen die Tasche geraubt hat?«, fragte ich.

»Ich glaube...«, setzte Orlando wieder an.

Aber Mrs Vorr schüttelte den Kopf. »Ich habe überhaupt nichts gesehen.«

»Was hat die Polizei...«

»Minnie!« Ich hörte fast, wie Orlando mit den Zähnen knirschte.

Mrs Vorr schüttelte wieder den Kopf. »Ich war nicht bei der Polizei. Es ist in der Nähe von Pier drei passiert. Zu weit...«

Ich nickte. Ich konnte es kaum erwarten, hier wegzukommen. Ich musste es dem Tollpatsch erzählen. Wahrscheinlich war es derselbe Räuber. Derselbe Taschendieb, wie wir Detektive sagen.

Ein neuer Gast kam. Es war Malka aus der Bäckerei, Orlandos zweitbeste Kundin. Sie war mit ungefähr hundert Pfund Bernstein behängt.

Bevor mir Orlando einen Auftrag geben konnte, verschwand ich in der Küche. »Der Salat ist fertig«, rief ich ihm noch zu.

Dann holte ich Max aus der Mixschüssel und verschwand durch die Hintertür.

Mein Ziel war das Polizeirevier.

8. Kriminelle

Ich musste weit laufen, bis ich endlich den gelben Ziegelbau des Polizeireviers sah. An der Ecke blieb ich stehen und holte tief Luft. Ein grünweißer Streifenwagen stand vor dem Haus und ein uniformierter Polizist öffnete gerade die Tür an der Fahrerseite.

Was würden die Polizisten im Revier sagen, wenn ich einfach hereinspazierte? Noch dazu mit einem schwarzen Kater zwei Schritte hinter mir? Und was würde der Tollpatsch sagen?

Ich musste es trotzdem tun. Es war ein Notfall. »Komm, Max«, sagte ich und hob ihn auf meine Schulter.

Am Eingang saß ein junger Bursche in einer Art Verschlag in der Wand. »Kann ich Ihnen helfen, meine Dame?« Er zwinkerte mir zu. »Oder Ihrem Partner?«

»Wem ...«, begann ich. Ach so, er meinte den Kater. Sehr witzig, und ich war auch nicht daran gewöhnt, mit »meine Dame« angeredet zu werden. Aber er war nett, obwohl er mich aufzog. »Ich suche…« Fast hätte ich gesagt, *den Tollpatsch.* »Kitty…«, fuhr ich fort und versuchte mich an ihren vollen Namen zu erinnern. »Sie ist Polizistin.«

Er zwinkerte mir noch einmal zu. »Sie wird gleich hier sein. Katherine Kirov, bitte zum Pförtner«, sagte er ins Mikrofon.

Eine Minute später stand der Tollpatsch vor mir. Sie sah überhaupt nicht wie eine Polizistin aus. Sie trug Shorts und ein Stirnband. Und sie war klatschnass. Als hätte sie den Vormittag im Dschungel verbracht. »Fitnesstraining«, erklärte sie. »Wir haben oben einen Übungsraum.«

»Ich muss dir was sagen.« Mit dem Kinn zeigte ich auf den Pförtner. »Privat.«

Er zwinkerte das dritte Mal. Es war fast wie ein Tick.

»Komm«, sagte sie. »Ich zeige dir die Wache.«

Ich folgte ihr durch die Eingangshalle.

»Auf jedem Stockwerk gibt es ein Rufsystem«, erklärte sie. »So ist jeder Beamte jederzeit erreichbar. Und der Revierleiter informiert uns über Lautsprecher, welche Verbrechen begangen wurden.« Sie beugte sich zu mir und sagte leiser: »Außer dem Vorfall mit meiner Handtasche. Davon wissen nur wir beide.« Nun zwinkerte *sie* mir zu.

Ich versuchte es selbst mit dem Zwinkern. Schließlich hatte ich mich gerade entschieden. Ich wollte Polizistin werden. Auf jeden Fall. Und zwar hier in diesem Revier.

Ich erzählte Kitty von Mrs Vorr. Ich dachte sogar daran, zu flüstern. Gleichzeitig sah ich mir die Fotos an der Wand an. Lauter Kriminelle. Kidnapper. Vielleicht sogar Mörder.

Kitty hörte mir genau zu. Sie war so mit Zuhören beschäftigt, dass sie sich an einen Tisch lehnte und ein Dominospiel runterriss. Tollpatsch! Als ich meinen Bericht beendet hatte, nickte Kitty und kniff die blauen Augen zusammen.

Dann schauten wir uns zusammen die Fotos an. »Einbrecher«, sagte sie bei einem. »Der da ist ein Dieb«, erklärte sie bei einem anderen. »Und der da ein Brandstifter.« Sie nickte ernst. »Aber mach dir keine Sorgen. Früher oder später erwischen wir sie alle.«

Ich schaute genauer hin, ob ich irgendjemanden erkannte. Nein, kein bekanntes Gesicht. Dann ging ich unwillkürlich näher an ein Foto heran. Und Max tat das Gleiche. Ein Foto rechts in der Ecke. Jede Menge Haare, buschige Augenbrauen, Vollbart. Das ganze Gesicht voller Haare. Irgendwas kam mir bekannt vor…

»Ein Dieb und Einbrecher«, erklärte Kitty.

WANTED

»Er klaut alles, was nicht niet- und nagelfest ist. Der würde sogar einen heißen Ofen mitgehen lassen.«

»Was?« Dann begriff ich. Ein Witz. Wer klaute schon einen heißen Ofen...

Ich sah wieder auf das Foto. Irgendwas war da...

»Meinst du, du kennst ihn?«, fragte Kitty. »Wir haben ihn schon eine ganze Weile nicht mehr gesehen.«

Ich schüttelte den Kopf. »Ich glaube nicht. Er sieht bloß genauso aus, wie man sich einen Einbrecher vorstellt. Und ich habe auch keine Ahnung, wer der Handtaschenräuber sein könnte.«

Der Tollpatsch stieß das Dominospiel zum zweiten Mal vom Tisch. »Ich auch nicht«, sagte sie. »Aber ich werde es herausfinden, das sage ich dir.«

Ich zog die Schultern hoch. »Ich auch.«

9. Krebsschere

Am nächsten Tag war es schwül und diesig. Ich wusste, dass der Tollpatsch keinen Dienst hatte. Also würde sie früher oder später auf die Suche nach dem Handtaschendieb gehen. Ich überlegte, was Max und ich inzwischen tun könnten.

Überall herumfragen, ob jemandem ein Kater entlaufen war? Nein, das würde ich lieber morgen machen. Schon bei dem Gedanken hatte ich einen Kloß im Hals und mein Magen krampfte sich zusammen.

Mit einem kurzen Miau stolzierte Max über die Straße Richtung Pier. Ich folgte ihm. Wir könnten ein kurzes Bad nehmen. Aber dazu brauchten wir das Boot. Der Badestrand war an der anderen Seite der Bucht. Die *Krebsschere* war direkt vor mir vertäut und schaukelte im Wasser. Und genau dorthin wollte Max. Ein Nachmittag im Boot auf dem Wasser – keine schlechte Idee. Aber meine Detektivarbeit? Und der Bernsteinring?

Ich schloss die Augen. Hatte ich den Ring vielleicht in dem komischen Klubhaus verloren? Oder war er mir beim Klettern über die Felsen aus der Tasche gefallen?

Max saß bereits im Boot. Vorn am Bug. Wir könnten hinrudern und mal nachsehen. Ich würde schon aufpassen, ob dieser verrückte Junge in der Nähe war. Wenn nicht, konnte ich das Bootshaus durchsuchen. Das war es. Genau das würden wir jetzt tun. »Warte hier«, befahl ich Max. »Rühr dich nicht von der Stelle. Ich hole bloß schnell eine Taschenlampe.«

Das Wasser war leicht bewegt, als wir starteten. Aber wir ruderten mit der Strömung und kamen schnell voran. Ich musste mich kaum anstrengen. Ich saß einfach da, die Füße in einer Pfütze, und genoss die Fahrt.

Es war nass in der *Krebsschere*. Und nicht nur das. Jemand Fremdes hatte das Boot benutzt. Überall waren Pfützen. Der Sitz am Heck war nass. Und eine Papierserviette lag darauf mit dem Rest von einem Hot Dog. Frechheit. Orlando und ich hielten das Boot immer in Ordnung. Wir liebten es. Wir liebten es, über die Bucht zu rudern. Wir winkten den Menschen am Pier zu und beobachteten sie beim Angeln. Beobachten ...

Der Tollpatsch. Sie lief die Hafenstraße entlang, eine Handtasche am Arm. Ihr Haar war grau und strähnig. Sie ging gebeugt, als wäre sie alt. So alt wie Mrs Vorr.

Ich wusste sofort, was sie tat. Sie spielte den Köder. So etwas hatte ich im Fernsehen gesehen. Der Dieb würde versuchen, ihr die Handtasche zu entreißen. Und zack – schon war er überführt, wie die Polizisten sagen.

Ich hörte auf zu rudern. Sollte ich am nächsten Pier anlegen? Dann könnte ich ihr folgen und beobachten, was passierte.

Max sah mich mit gerunzelten Brauen an. »Du hältst das für keine gute Idee?«, fragte ich ihn.

Fast hätte er den Kopf geschüttelt.

Na ja, Kitty bog sowieso gerade in eine Seitenstraße ein und verschwand. Ich ruderte weiter. Der Faule Fred stand gähnend am Pier. Ich winkte ihm zu. Er winkte nicht zurück. Natürlich nicht. Das wäre zu anstrengend gewesen. Ich schaute noch einmal zu ihm hin. Er trug einen Schlips. Ich riss die Augen auf. Über dem weißen Unterhemd trug er einen breiten gestreiften Schlips. Ich grinste. Er hatte sich fein gemacht für den Besuch aus Europa.

Ein paar Minuten später kam das Bootshaus in Sicht. Das Klubhaus, meine ich natürlich. Ich zeigte keinerlei Interesse, sondern tat so, als würde ich in das grünbraune Wasser starren. Eine leere Coladose schwamm vorbei. Die *Schwarze Katze* fuhr hinaus ins offene Meer. Und dann sah ich zum Glück den Verrückten. Die knochigen Beine waren nicht zu verwechseln.

Und ich hatte sogar noch mehr Glück. Er ging weg vom Bootshaus auf das Haus zu, in dem Mrs Vorr wohnte. Dabei sah er sich verstohlen um. Der hatte nichts Gutes vor!

Ich zögerte. Die Strömung zog mich jetzt raus, der *Schwarzen Katze* nach. Aber das machte nichts. Ich kannte mich aus mit den Strömungen in der Bucht. Dieser Junge da war möglicherweise der Handtaschenräuber. Vielleicht hatte er auch den Bernsteinring. Sollte ich ihm folgen?

Andererseits war es die perfekte Gelegenheit den Klub zu durchsuchen. In den er mich eingesperrt hatte … Keine Sorge, sagte ich mir. Wenn er zurückkommt, bin ich längst weg.

»Okay«, sagte ich zu Max. »Wir schauen mal nach.«

Ich steuerte die *Krebsschere* bis dicht an die beiden großen Torflügel heran und versuchte sie aufzustoßen. Der eine gab nach. Die Öffnung war weit genug, dass wir hineingleiten konnten. Ich vertäute das Boot und knipste die Taschenlampe an. Dann sprangen Max und ich hinaus.

Die Tür, durch die ich das erste Mal gekommen war, lag auf der gegenüberliegenden Seite. Durch den Spalt fiel wieder ein Streifen Licht. Der Raum war lang genug für ein Boot mit Zubehör. Wahrscheinlich war es Ewigkeiten her, seit hier jemand seine Angelausrüstung, den Ersatzanker, Seilrollen und so etwas aufbewahrt hatte. Jetzt war jedenfalls nichts da. Ich leuchtete mit der Taschenlampe jeden Zentimeter ab. Und Max durchsuchte mit seinen Scheinwerferaugen jeden Winkel. Der Raum war leer. Kein Bernsteinring.

»Wenn ich so einen Klub hätte, würde ich mir ein paar Bücher mitbringen«, sagte ich zu Max. »Und eine Decke. Und eine Schachtel mit Orlandos Pfirsichkeksen.«

Ich achtete gar nicht auf die Zeit. Plötzlich spitzte Max die Ohren. Dann hörte ich es auch. Jemand kam über die Felsen auf uns zu.

Im nächsten Augenblick war ich im Boot. Max ebenfalls. Ich nahm die Ruder und legte mich in die Riemen. Das Boot schoss hinaus in die Bucht. Mein Herz klopfte.

Ich drehte mich um. Niemand war zu sehen. Aber ich wusste, da war jemand. Max hatte Angst. Aufgeregt lief er auf dem kleinen Sitz am Bug hin und her. Ich schluckte. Ich hatte auch Angst. Schöne Detektivin!

So schnell ich konnte, ruderte ich zurück zu unserem Pier. Jetzt musste ich gegen die Strömung rudern. Das war ganz schön schwer. Mitten auf dem Pier stand Jack. Er sah mich, winkte aber nicht. Also winkte ich auch nicht. Ich runzelte die Stirn. Wenn ich den Bernsteinring auf den Felsen verloren hatte, könnte er es beobachtet haben. Und dann war er einfach über die Straße gegangen …

Ich schüttelte den Kopf. Kann sein. Kann auch nicht sein.

Wo Kitty wohl jetzt war? Sie war auf der Suche nach einem erwachsenen Dieb. Und ich war sicher, dass es ein Kind war. Ich kaute auf meinem Daumennagel herum. »Das Problem ist nur«, sagte ich zu Max, »dass ich den Jungen eben gar nicht gesehen habe.« War ich lange genug im Bootshaus gewesen, dass er schon zurück sein konnte? Und wenn es nun gar nicht der Junge gewesen war, sondern irgendjemand anders?

Da kam mir eine Idee. Die gefährlichste Idee, die ich je hatte.

Ich, Minnie, könnte der Köder sein.

10. Köder

Es war der nächste Morgen. Max schlief noch in meinem Schrank. Außer ihm war nichts drin. Ich hatte alles ausgeräumt. Meine Kleidung, meine Schuhe, eine Wollmütze und sämtliche Taschen, die ich je besessen hatte, seit ich vier war.

Ich suchte nach einer Verkleidung. Alles Mögliche probierte ich aus. Rock und Pullover. Damit würde ich umkommen bei der Hitze. Badeanzug über einem gelben Body. Darin sah ich aus wie ein Clown.

Schließlich entschied ich mich für schwarze Shorts, ein schwarzes Oberteil, einen Strohhut, unter dem ich mein Gesicht verstecken konnte, und eine Handtasche.

Die Handtasche war ein Prachtstück. Groß und rot mit einem roten Schulterriemen. Vor ein paar Wochen hatte ich sie aus Mrs Vorrs Mülltonne gefischt. Ich dachte damals, für die Goldgräber-Gesellschaft könnte ich sie gut gebrauchen.

Ich stopfte ein paar Rollen Toilettenpapier in

die Tasche, damit sie voll aussah. Meine zwei Dollar legte ich gut sichtbar obendrauf. Nun war ich fertig. Fast. Ich wühlte herum und fand eine Sonnenbrille. Sie war riesig und rutschte mir auf die Nase. Genau wie beim Tollpatsch.

Ich schaute in den Spiegel und grinste. Aus dem Augenwinkel sah ich Max, der sich streckte. »Du kannst nicht mitkommen«, teilte ich ihm mit. »Es geht nicht. Du würdest alles verderben.« Ich drehte mich zu ihm um. »Ich hole dir vorher noch was zu essen. Aber lass dich nicht von Orlando erwischen!«

Max tigerte im Zimmer auf und ab. Vom Fenster zur Tür. Hin und her. Ich schlich in die Küche auf der Suche nach Frühstück für ihn. Ich stellte mich auf Zehenspitzen und spähte hinter der Gardine nach draußen. Orlando ging gerade über die Straße. Er wollte auf Kapitän Eds Boot frische Meeresfrüchte kaufen. Und der Faule Fred lungerte herum und hoffte auf eine Portion Frei-Fisch. Ich hatte freie Bahn.

Ich nahm ein Stück Thunfisch, zwei Scheiben Huhn und einen Pfirsich und legte alles auf einen Suppenteller. Dann legte ich noch ein Ei dazu und schenkte ein halbes Glas Milch ein. Das würde Max schmecken. Und es war gut für ihn. Ich öffnete die Tür zu meinem Zimmer, schob den Teller hinein und machte die

Tür fest zu. Aus dem Zimmer kam ein empörtes Miauen.

»Du musst da drinbleiben«, sagte ich. »So bald wie möglich komme ich zurück.«

Ich zögerte. Wenn er nun Krach machte, während ich weg war? Wenn Orlando ihn entdeckte? »Sei still, Max«, flüsterte ich. »Bitte!«

Die Vordertür ging auf und wieder zu. Orlando war wieder da. »Minnie!«, rief er. »Es gibt Frühstück.«

Auf Zehenspitzen schlich ich an der Küche vorbei. »Ich habe schon was gegessen«, rief ich zurück. Das stimmte. Ich hatte eine Riesenportion Walnusspudding verdrückt, der gestern Abend übrig geblieben war. »Ich muss weg.« Bevor Orlando ein einziges Wort sagen konnte, war ich draußen und rannte die Straße entlang.

Dann bremste ich mich. Schließlich wollte ich alt und hilflos wirken. Idiotisch, so zu rennen! Viele Leute waren unterwegs. Sie kauften Zeitungen oder angelten auf dem Pier. Ich machte mir Sorgen wegen Max. Sollte ich lieber zurückgehen? Orlando würde jeden Moment nachschauen, wo ich geblieben war.

Aber ich dachte an Kitty. Sie würde staunen, wenn ich den Dieb fand. Also lief ich weiter. An Malkas Bäckerei legte ich eine kurze Pause ein. Ich kaufte mir eine Brezel und eine Cola. An ihrem Handgelenk klimperte ein Bernsteinarmband. Sie merkte, wie ich es anstarrte, und sagte: »Für Bernstein würde ich morden.«

Ich sah zu ihr auf: »Wirklich?«

Sie lachte. Aber ehe sie etwas sagen konnte, kam ein neuer Kunde. Was hat sie damit gemeint?, fragte ich mich. Würde sie Handtaschen klauen, bloß um sich ein neues Schmuckstück kaufen zu können? Na, vermutlich war es nur ein Scherz gewesen. Sie wollte damit ausdrücken, dass sie Bernstein toll fand. Und ich fand es toll, Detektivin zu sein.

Am Hals trug sie ebenfalls Bernstein. Eine Kette mit großen Steinen. Ein Wunder, dass die Kette ihr nicht den Kopf runterzog.

»Der Kartoffelbrei gestern bei euch war gut«, sagte sie zu mir. »Irgendwie knusprig. Was war da drin?«

»Pfirsiche«, sagte ich. Und Walnussschalen, fügte ich still für mich hinzu. Ich verließ den Laden und ging weiter. Nun hatte ich nur noch einen Dollar. Aber Verpflegung musste sein. Ich nahm einen großen Bissen, spülte mit Cola nach und behielt gleichzeitig die Straße im Auge. Kein Verbrechertyp weit und breit.

Warum war ich dann so unruhig?

Ich ging auf die andere Straßenseite zum Pier.

Und da schlug der Taschenräuber zu.

11. Katerentführung

Er riss so heftig an meiner Tasche, dass ich hinfiel und mir die Knie aufschrammte. Ich versuchte die Tasche festzuhalten und gleichzeitig einen Blick auf ihn zu werfen.

Aber er war zu stark für mich. Und zu stark für die Tasche. Mein Arm wurde nach hinten gedreht und der Schulterriemen riss. »Hilfe, Überfall!«, schrie ich.

Zu spät. Er war schon mit seiner Beute verschwunden.

Ein Angler kam kopfschüttelnd näher. »Ihr habt ja komische Spielchen, ihr beiden.« Er half mir beim Aufstehen. »Ganz schön grob.«

Ich klopfte mir den Staub ab. »Mir ist nichts passiert«, sagte ich. Aber er war schon längst wieder beim Angeln.

Ich schaute auf den Pier, ob der Räuber noch dort war.

Natürlich war er nicht dort. Aber ich wusste, wer er war. Ich habe eine Verabredung mit einem Verbrecher, sagte ich zu mir. Detektive im Fernsehen reden immer so.

Ich machte mich auf den Weg zum Klub. Die Tür war offen. Ebenso die Torflügel an der Wasserseite. Und da saß er in aller Ruhe, mit dem Rücken an der Wand. Der verrückte Junge. Der miese Verbrecher. Mit Mrs Vorrs Handtasche … und vermutlich auch mit dem Bernsteinring.

»He, du!« Ich sah ihn mir genau an. Er war lang und dürr wie eine Bohnenstange.

»He, du!«, sagte er. »Alten Frauen die Handtasche zu klauen!« Er nahm einen Stein und warf ihn ins Wasser.

»Was?« Ich starrte auf die Tasche in seiner Hand. Die Tasche aus Mrs Vorrs Mülltonne. Ich griff zu und rettete meinen letzten Dollar, der noch immer obendrauf lag.

»Du bist in Schwierigkeiten«, sagte er und warf noch einen Stein ins Wasser.

»Und du bist so gut wie im Gefängnis«, gab ich zurück. »Sobald ich meine Freundin erreicht habe, führt sie dich in Handschellen ab. In Manschetten, sagen wir vom Fach dazu. Meine Freundin ist nämlich ein Cop.«

»Ich kenne auch eine Polizistin«, sagte der Junge und rückte zur Seite.

Ich konnte es kaum glauben. Er machte Platz für mich.

Meine Füße taten weh. Es war ein anstrengender Vormittag gewesen. Ich setzte mich, lehnte den Rücken an die Wand und untersuchte meine Knie. Sie bluteten nicht mehr. Den Jungen behielt ich im Auge. Eine falsche Bewegung – und ich war draußen und rief nach Kitty.

»Tut mir Leid«, sagte der Junge. »Ich wollte nicht, dass du hinfällst.«

»In Ordnung.« Meine Stimme klang so grimmig wie Orlandos manchmal.

Wir saßen da, hörten das Wasser gegen die

Felsen schlagen und lauschten dem Tuckern der Motorboote in der Bucht. Der Junge sagte nichts mehr. Er hockte einfach da, warf Steine, hielt die Tasche fest und wartete.

Worauf mochte er warten?

Das Schweigen und Steineschmeißen ging mir allmählich auf die Nerven. Ich räusperte mich.

Plop, plop, plop, machten die Steine. Er sagte immer noch nichts.

Ich versuchte an etwas anderes zu denken. Ich sollte jetzt sagen: Warum hast du mich vorgestern hier eingesperrt? Und warum hast du mir die Tasche geklaut? Aber ich wartete.

Endlich machte er den Mund auf. »Hast du mir dazu nichts zu sagen?« Er schwenkte die Tasche.

»Es ist meine Tasche«, sagte ich. »Das dürfte dir wohl klar sein. Du hast sie mir ja vom Arm gerissen.«

»Sie gehört Mrs Vorr«, sagte er.

Ich schnappte nach Luft. »Ich habe sie aus ihrer Mülltonne gezogen.«

Der Junge begann zu lachen. »Wie eklig!«

»Sie war völlig in Ordnung. Lauter Innenfächer mit Reißverschlüssen. Tolle Farbe.«

»Und in der Mülltonne zwischen Fischabfällen und Orangenschalen.« Er lachte jetzt laut.

»Quatsch«, sagte ich. »Es war ganz sauberer Abfall.«

Und dann musste ich mitlachen. Der Junge sah nett aus. Konnte er wirklich ein Verbrecher sein? Aber warum hatte er mir die Handtasche geklaut?

»Mrs Vorr ist meine Freundin«, erklärte er.

»Und du bist ein schöner Freund!« Ich nahm einen Stein und warf. Ich kam ein Stückchen weiter als er mit seinem letzten Wurf.

»Ich würde ihr nie etwas stehlen. Ich würde überhaupt nichts stehlen.«

Und da fragte ich endlich: »Warum hast du mich vorgestern hier reingeschubst?«

»Ein Irrtum«, sagte er. »Ich dachte, du hättest mir meine Angel geklaut.«

Ich schüttelte den Kopf. »Da ist kein Handtaschendieb am Werk. Da klaut einer einfach alles. Und zwar von jedem.«

Er nickte.

»Dann hast du wohl auch den Bernsteinring nicht gestohlen«, fuhr ich fort.

»Was?«

»So gelbe Steine.«

»Das weiß ich selber«, sagte er. »Es war der Alles-Klauer.«

Ich lehnte mich zurück und dachte über die ganze Geschichte nach. Der Ring auf dem Laster. Der Kater auf dem Laster. Kittys Handtasche. Mrs Vorrs Tasche. Nicht die rote, sondern eine andere. Ich drehte mich im Kreis und landete immer wieder bei dem Ring auf dem Laster. Wie war er dorthin gekommen? Hatte Jack ihn gestohlen und dort versteckt? Und dann war Max dazugekommen. Könnte sein.

Nun begann der Junge zu reden und hörte gar nicht wieder auf. Er erzählte von seinen beiden großen Schwestern und den beiden kleinen Brüdern und dass sie erst vor kurzem in die Haifischflossenbucht gezogen waren. Dann fragte er nach meiner Familie.

»Meine Familie ist Orlando«, sagte ich. »Er hat mir Lesen beigebracht und Angeln und ...« Wie konnte ich ihm nur erklären, dass Orlando für mich Vater und Mutter war?

Da entdeckte ich plötzlich etwas. Ein Ruderboot. Ein leichter Nebel war aufgezogen und rückte alles in weite Ferne. Aber das Boot sah aus wie die *Krebsschere,* das erkannte ich genau. Und jemand ruderte damit hinaus. Dahin, wo die großen Kabinenboote verankert waren.

Ich sprang auf. »Das ist mein Boot«, rief ich. Wer drin saß, konnte ich nicht erkennen. Man sah nur Kopf und Schultern, über die Ruder gebeugt. Und dann dachte ich, mir bleibt das Herz stehen. Am Heck des Bootes war eine

Katze. »Ich glaube…« Mir blieb fast die Stimme weg. »Es ist mein Boot«, wiederholte ich. »Und mein Kater.«

Der Junge stand auf. »Ich habe ein Boot«, sagte er. »Wir können sie verfolgen.«

»Mach schnell«, rief ich. »Bitte!«

12. Kasimir

Wir sprangen in das Boot des Jungen. Es war ziemlich mistig, voller vertrockneter Fischabfälle, und hieß *Komet.* Im Heck der *Krebsschere* sah ich Max. Eine Pfote von ihm hing über den Bootsrand. Er maunzte kläglich. Das wusste ich, obwohl ich ihn nicht hören konnte. Es sah so aus, als wollte er ins Wasser springen. Eine normale Katze tut das nicht, sagte ich mir. Aber Max war keine normale Katze.

Nie wieder würde ich ihn allein lassen. Max und ich mussten zusammen sein. Immer. Das fühlte ich. Und Orlando würde ich es schon klar machen. Und wenn er es nicht begriff, würden Max und ich im Winter zusammen unter dem Pier frieren.

Ich fing an zu weinen. *Nicht springen, Max!,* sagte ich immer wieder in Gedanken. *Ich komme dich holen.* Wenn er sich doch mal umdrehen würde. Dann könnte er sehen, dass ich da war.

Inzwischen hatten wir die Bucht halb überquert. Der Junge ruderte schnell und gut. »Wie heißt du?«, fragte er mich etwas außer Atem.

Ich konnte kaum sprechen. »Minnie.«

Er grinste. »Wie Minnie Maus?«

»Nein, wie Minneapolis.« Ich zuckte die Schultern. »Dort bin ich geboren.« Ich wandte noch immer keinen Blick von Max und versuchte herauszufinden, wer mein Boot ruderte. »Und wie heißt du?«, fragte ich.

Er verdrehte die Augen. »Kasimir. Der Name wird in meiner Familie weitervererbt.«

Ich biss mir auf die Lippen. »Ungewöhnlich.« Mitten im Weinen musste ich lächeln. Besser als Minnie war das nicht.

»Aber alle sagen Kas zu mir«, sagte er.

Wir ruderten um die Boote herum, die im tiefen Wasser verankert waren. Alles wirkte weicher im Nebel. Ich konnte es kaum glauben, dass wir per Boot auf dem Wasser einen Verbrecher verfolgten. Kein Kind, einen richtigen Verbrecher. Einen, der alles klaute. Taschen, Angelruten, Schmuck. Und sogar einen Kater.

Die *Krebsschere* näherte sich einem großen Boot. Es war kein schäbiges Ruderboot wie unseres. Es hatte ein Deck und eine Kabine und Bullaugen an der Seite. Ich öffnete den Mund, um zu rufen.

»Nein«, sagte der Junge. »Warte.« Er steuerte sein Boot hinter ein großes Segelboot. Von hier aus konnten wir alles beobachten ohne gesehen zu werden.

Der Mann griff nach Max und hob ihn mit einer Hand hoch. Max bearbeitete den Arm mit den Krallen. Aber es waren nur kleine Krallen – Max war so eine kleine Katze – und es nützte ihm nicht viel.

Ich dachte fieberhaft nach. Wieso kam mir der Mann bekannt vor? Viel konnte ich nicht sehen. Er hatte den Hut tief ins Gesicht gezogen und bewegte sich schnell. Aber ich kannte ihn. Irgendwo hatte ich ihn schon mal gesehen. Einen Augenblick dachte ich, es wäre Jack. Und dann fiel es mir ein. Das Foto auf dem Polizeirevier. Der Einbrecher. Aber auf dem Foto hatte er jede Menge Haare. Auf dem Kopf und im Gesicht. Der Mann da drüben schien überhaupt keine Haare zu haben. Einen Bart hatte er jedenfalls nicht.

Jetzt griff er nach der Schiffsleiter an dem großen Boot und machte das Ruderboot daran fest. Er stieg die Leiter hinauf. Max hatte er am Genick gepackt. Im nächsten Moment waren sie im Bootsinneren verschwunden.

Wir ruderten etwas näher heran. Das Boot war ziemlich alt. Es hätte einen neuen Anstrich vertragen können. Am Heck stand der Name. *Bernsteinkatze*. Das B war abgeblättert.

»Und nun?«, fragte Kas.

»Jetzt fassen wir den Dieb. Irgendwie.« Ich kniete auf dem Sitz und spähte zum Boot rüber. »Vor allem müssen wir meinen Kater befreien.«

»Hast du den Kater gestohlen?«, fragte Kas.

»Was soll das heißen?«, fragte ich zurück und beobachtete weiter die *Bernsteinkatze*. Der Mann war immer noch unter Deck. Wir könnten hinrudern, Kas' Boot festmachen, die Leiter raufklettern und... Ja, was dann?

»Das ist nicht dein Kater«, sagte Kas. »Er gehört Mrs Vorr. Er heißt Mischa.«

Ich sah ihn an und schüttelte den Kopf. »Mischa ist doch ein Mensch. Ein alter Mann. Er hat sie verlassen oder...«

»Er ist entführt worden, hat Mrs Vorr gesagt.«

Ich schloss die Augen. Ich sah Mrs Vorr vor mir und hörte, wie sie sagte: *Ich habe immer gedacht, er hat mich wegen der Wohnung verlassen. Weil immer noch alles voller Haare von meinem armen Scotchterrier ist. Aber jetzt, nach dem Handtaschenraub, frage ich mich, ob er gekidnappt worden ist.*

»Hundehaare«, sagte ich laut. »Kein Wunder, dass er dort nicht bleiben wollte.« Ich dachte angestrengt nach. Vielleicht war Max – ich meine, Mischa – doch entführt worden. Und dann konnte er entkommen und sprang auf den Laster …

Es war unbegreiflich. Was sollte jemand wie der Alles-Räuber mit einem Kater anfangen?

Mir kamen schon wieder die Tränen. Wenn wir Max befreien konnten, musste ich ihn Mrs Vorr zurückgeben. Er würde es gut bei ihr haben. Ich konnte ihr helfen, die Hundehaare wegzusaugen. Max war nicht mein Kater. Die Kehle wurde mir eng.

Mir war es jetzt ganz egal, ob mir etwas passierte. Wir würden den Verbrecher fassen und Kitty übergeben. Und dann … Ich hatte keine Ahnung, was dann sein würde.

Kas redete immer noch. Er schien gar nicht zu merken, dass ich in Tränen schwamm.

»Glaubst du, der Kerl hat wirklich das ganze Zeug geklaut?«, fragte er. »Ein mieser Typ.«

Ich zwinkerte. Genau das hatte erst vor kurzem jemand gesagt. *Ein mieser Typ.* Aber wer? Und wann?

Auf einmal kam mir die Erleuchtung. »Ich weiß, wer er ist«, teilte ich Kas mit. »Ich weiß es ganz genau.«

13. Kabinenboot

Ein mieser Typ. Genau das hatte Orlando bei dem Seewolf-Essen in unserer Küche gesagt.

»Es ist der Faule Fred«, sagte ich.

»So faul scheint er dann gar nicht zu sein«, erwiderte Kas.

Ich nickte. »Während er überall rumhing, hat er nur auf seine Chance gewartet, etwas zu stehlen, und niemand wäre auf die Idee gekommen, ihn zu verdächtigen.«

Aber ich wusste jetzt Bescheid. Wenn nur Kitty auf dem Pier auftauchen würde! Doch ich hielt vergeblich Ausschau. »Wir rudern rüber zur *Bernsteinkatze*«, sagte ich zu Kas.

»Du bist verrückt.«

»Ich hole mir den Kater. Egal, wie.« Ich schluckte und er tauchte die Ruder ins Wasser.

»Bring mich zur Leiter. Dann ruderst du auf die andere Seite des Bootes und versteckst dich. Wenn Fred rauskommt und mit der *Krebsschere* weg will, kann er dich nicht sehen.«

Kas nickte.

»Wenn er mich umbringen will, holst du Hilfe.«

»Wir wär's, wenn wir vorher Hilfe holen?«, sagte Kas. »Jetzt gleich. Ich kenne eine tolle Polizistin. Sie ist ein bisschen ungeschickt, aber...«

Ich musste lächeln. Der Tollpatsch. Kitty.

»Keine Zeit«, sagte ich so entschieden wie eine echte Detektivin. »Wer weiß, ob er Max was antut.«

Einen Moment später schlug Kas' Boot sanft gegen die Leiter an der *Bernsteinkatze.* Ich hatte keine Angst. Nicht in diesem Augenblick. Ich war zu wütend. Ich hatte keine Ahnung, was ich an Bord des Kabinenbootes tun würde. Wahrscheinlich würde ich mich unter Deck schleichen, Max nehmen und dann runterklettern zur *Krebsschere.* Wir würden das Weite suchen, so schnell es ging, und Kitty alles erzählen.

Aber da war noch etwas. Der Räuber. Warum ging mir das Foto im Polizeirevier nicht aus dem Kopf?

Der Räuber mit Haar.

Fred ohne Haar.

Moment mal.

Dieselben Augen. Dieselbe Person.

Genau. Fred hatte sich den Bart abgenommen

und den Kopf kahl rasiert. Sogar die Augenbrauen.

Ich stieg auf die unterste Sprosse der Leiter und kletterte hinauf. Auf Zehenspitzen schlich ich übers Deck. An der Kabinentür stand eine Bank mit Kissen darauf. Eine große Bank. Ich versteckte mich darunter und holte tief Luft. Mein Herz klopfte und hinter der Tür maunzte Max. Nein, Mischa maunzte. Jämmerlich. Mitleid erregend. Max dachte, er hätte seine beste Freundin verloren. Fast hätte ich ihn gerufen. Was sollte ich bloß tun?

Da kam Fred aus der Kabine. Einen Zentimeter von meinem Turnschuh entfernt, ging er an der Bank vorbei. Ich hob den Kopf ein winziges Stück, um zu sehen, was er vorhatte. Er ging rüber zur Leiter, zur *Krebsschere.*

Mich hatte er nicht entdeckt.

Kas hatte weniger Glück. Ich hörte Fred schreien: »He, du, was hast du hier zu suchen?« Und ich sah, wie Kas mit seinem Boot am Heck der *Bernsteinkatze* auftauchte und so schnell er konnte Richtung Pier ruderte, weg von Fred. Ob das gut gehen würde? Fred hatte viel mehr Kraft als Kas. Und die *Krebsschere* lag besser im Wasser als Kas' *Komet.*

Aber der Junge war gewitzt. Er kreuzte zwischen zwei Booten, die in der Bucht verankert

waren, und verschwand im Nebel. Ob Fred das gesehen hatte, wusste ich nicht. Im nächsten Moment war er ebenfalls verschwunden.

Ich stand auf und öffnete die Kabinentür. Max sprang mir in die Arme. Er schnurrte und rieb den Kopf an meinem Hals. Und ich kraulte ihn hinter den Ohren. »O Max«, sagte ich.

Ich schaute mich in der Kabine um. Sie war Freds Küche und Wohnzimmer. Sein Zuhause. Und ich konnte kaum glauben, was ich da sah. In der Ecke lagen Bretter, auf denen Jacks Name stand. Unsere Teller und Tassen mit den roten Rosen standen in einem Regal. Der Bernsteinring schaukelte an einem Band über der Tür hin und her. Eine blaue Brieftasche lag in einer halb offenen Schublade und auf dem Boden lag eine Angel.

Ich nahm ein Foto vom Tisch. Das Foto von einer Katze. Mein Kater Max. Mrs Vorrs Kater Mischa.

»Er stattet sein Boot mit lauter geklauten Sachen aus«, sagte ich zu Max. *Er würde sogar einen heißen Ofen mitgehen lassen,* hatte Kitty gesagt. Für seine Familie, die aus Europa zu Besuch kam. Für sie schmückte er sein Boot aus.

Ich verließ die Kabine. Max klammerte sich an mich. Ich schaute hinaus auf die Bucht. Aber weder Fred noch Kas waren zu sehen.

Und dann wurde mir klar, dass wir hier festsaßen. Max und ich mussten das Boot verlassen, bevor Fred zurückkam. Aber wie?

14. Kopfsprung

Ich nagte an meiner Lippe. Es gab keine Möglichkeit, an Land zu kommen. Mein Boot war ja weg. Und wenn ich nun den Anker einholte und das Boot treiben ließ? Vielleicht kamen wir nahe genug an ein Fischerboot heran. Nein, das ging nicht wegen des Nebels. Alle Boote in der Bucht und sogar der Pier schienen sich in dem grauen Dunst aufzulösen. Und es war auch zu gefährlich. Die Strömung konnte uns aufs offene Meer treiben.

Direkt unter der Wasseroberfläche schwamm eine Robbe. Ich war eine gute Schwimmerin, selbst bei hohem Wellengang. Aber das nächste Boot war weit entfernt. Und das Ufer noch weiter. Außerdem konnte ich Max nicht zurücklassen.

Ich legte die Hände an den Mund und begann zu rufen. Niemand hörte mich. Es war ja auch niemand in der Nähe. Auf einmal sprang Max von meinem Arm. Mit hoch erhobenem

Schwanz lief er los. Er drehte sich um, warf mir einen auffordernden Blick zu und miaute laut. Ich folgte ihm. Und da sah ich es. Der Motorbootschlüssel steckte im Schloss. Eine kleine Drehung – und der Motor würde anspringen.

Ich hatte noch nie am Steuer eines Motorboots gesessen. Schon bei dem Gedanken daran wurden mir die Hände feucht. Den Motor anzuwerfen, das war kein Problem. Aber dann? Würde ich es schaffen, den anderen Booten auszuweichen? Und zu verhindern, dass wir aufs offene Meer gerieten? Und das Schlimmste: Wie brachte man so ein Boot zum Halten?

Mit eiskalten Fingern griff ich nach dem Schlüssel. Und dann sah ich das Ruderboot. Fred in der *Krebsschere*. Er war schon sehr nahe, nur noch wenige Ruderschläge von der Leiter entfernt.

Keine Zeit mehr zum Nachdenken. Ich nahm Max, stürzte mit ihm in die Kabine und schloss die Tür hinter uns. In dem kleinen Raum gab es kein Versteck für uns. Aber das Bullauge war groß genug, dass ich mich durchzwängen konnte. Dann wäre ich wenigstens auf der anderen Seite, nicht dort, wo die Leiter war. Aber da unten war weit und breit kein Boot zu sehen. Nichts als Wasser und Nebel. Ich hörte Fred auf dem Deck herumlaufen und dann die Kabinentür öffnen. Ich drückte Max gegen die Brust und spürte, wie sein Herz schlug. Noch schneller als meins.

Ich holte tief Luft und schob das Bullauge auf. Mit dem Kopf voran quetschte ich mich durch und sprang ins Wasser. Wir tauchten und es dröhnte in meinen Ohren. Ich schluckte Wasser. *Max,* dachte ich. Ich durfte ihn auf keinen Fall loslassen.

Endlich kam ich an die Oberfläche und konnte atmen. Ich legte mich auf den Rücken und hielt Max hoch. Da hörte ich eine Stimme. Nicht die von Fred. Es war Kas. Er war direkt vor uns mit seinem vergammelten Fischabfälle-Kahn. Kurz darauf waren wir in Sicherheit.

Ich zitterte. Glücklicherweise kam gerade die Sonne durch und wärmte mich etwas. Ich schaute an mir herunter. In der einen Hand hielt ich immer noch den Schlüssel von der *Bernsteinkatze.* Ich hatte so fest die Faust geballt, dass die Nagelabdrücke zu sehen waren.

Und Fred? Wir waren jetzt auf der anderen Seite. Das Bullauge konnte ich nicht mehr sehen. Dafür sah ich die *Krebsschere,* die an der Leiter festgemacht war. Max schüttelte sich und das Wasser der halben Bucht spritzte mir um die Ohren.

Ich hustete und zeigte auf den Schlüssel. Ein

schlaues Kerlchen, dieser Kasimir. Er begriff sofort, was ich wollte. Mit wenigen Ruderschlägen brachte er uns zur *Krebsschere*. Ich sprang in mein Boot und löste das Seil von der Leiter.

Als Fred an Deck auftauchte, glitt mein Boot bereits weg von der *Bernsteinkatze*. Der Abstand wurde immer größer.

15. Küstenwache

Wir drehten uns immer mal wieder um, Kas in seinem Boot und ich in meinem. Max gebärdete sich wie verrückt. Er wollte auf mein Boot. Ich rief ihm zu, er müsse warten.

Ich hatte Angst, Fred würde irgendwas tun. Uns hinterherschwimmen, zum Beispiel. Aber er stand bloß an Deck der *Bernsteinkatze* und drohte uns mit der Faust.

Kas und ich brachten unsere Boote in den Klub und sprangen heraus. Ich legte mir Max um den Hals wie einen Pelzkragen. »Jetzt sind wir in Sicherheit«, sagte ich.

Alle drei eilten wir zur Hafenstraße. Ich sah auf die große Uhr am Fischmarkt. Kitty hatte jetzt Dienst. Sie lief durch ihr Revier oder fuhr einen der Streifenwagen.

»Ich glaube, ich habe deine Angel gesehen«, erzählte ich Kas. Kopfschüttelnd fügte ich hinzu: »Du solltest das ganze Zeug da drin mal sehen. Der Bernsteinring…«

»Das Boot heißt *Bernsteinkatze*«, unterbrach er mich. »Er hat also zuerst den Ring gestohlen...«

»Ja«, sagte ich. »Und dann die Katze. Na ja, den Kater. Aber das hat er wahrscheinlich gar nicht gemerkt. Katze ist Katze.«

»Passt jedenfalls zum Namen des Boots.«

Den Tollpatsch entdeckten wir in einer Nebenstraße. Am Steuer eines Streifenwagens. Als sie uns sah, fuhr sie an den Straßenrand, hielt an und lächelte. Kas und ich lehnten uns ins offene Seitenfenster und Max sprang ins Auto auf ihren Schoß.

Die Uniform stand Kitty gut. Sie sah darin wie eine richtige Polizistin aus. Aber das konnte ich ihr jetzt nicht sagen. Wir mussten ihr ja die ganze Fred-Geschichte berichten. Dabei fielen wir uns immer wieder gegenseitig ins Wort. Es sah fast so aus, als würde Max zustimmend nicken bei jedem Satz.

Kitty öffnete die Hintertür für uns und schon waren wir alle drei auf dem Rücksitz. Per Funk forderte Kitty bei der Küstenwache Verstärkung an.

Am Pier 13, am Ende der Bucht, setzte sie uns ab. »Ich weiß, dass ihr gern mitkommen würdet«, sagte sie. »Besonders Max.« Sie streichelte ihn. »Aber hier zu warten ist die zweitbeste

Möglichkeit. Auf dem Weg zum Revier kommen wir mit Fred hier vorbei.«

Und so warteten wir, Kas, Max und ich. Es dauerte lange. Wir sahen ein Dutzend Fischerboote einlaufen. Wir sahen zu, wie die Fischer ihren Fang verkauften oder zum Markt brachten und dann ihre Boote mit langen feuchten Wedeln säuberten. Kas kramte in seiner Tasche nach Geld. Es reichte für zwei Eis am Stiel.

Und dann kam endlich das Boot von der Küstenwache mit Kitty, mehreren anderen Polizisten und Fred. »In Manschetten«, sagte ich zu Kas.

»Das wollte ich auch gerade sagen. Ich bin nämlich Detektiv«, teilte er mir mit. »Daher kenne ich Kitty. Ich habe sie um Tipps gebeten für den Anfang.«

Gut, wollte ich sagen. *Den nächsten Fall lösen wir zusammen.* Aber ich hörte lieber zu, was Fred Kitty gerade erzählte. Laut genug, dass es jeder hören konnte.

»Meine Cousins kommen zu Besuch und meine Onkel«, jammerte er. »Und mein Boot war kahl und leer. Ich musste die Sachen einfach nehmen.«

»Einen Bernsteinring«, sagte ich. »Und einen Kater.«

»Und eine Angel«, fügte Kas hinzu.

Kitty nickte. »Warten Sie ab, bis Sie unsere Zellen sehen«, sagte sie zu Fred. »Die sind wirklich kahl.«

16. Kochen

Eine Woche später gab es bei uns im Restaurant ein Fest zu Ehren von Igor, Mrs Vorrs neuem Kater. »Du und Minnie – ihr müsst Mischa behalten«, hatte sie zu Orlando gesagt. »Igor und Mischa würden sich niemals vertragen.«

Für Max und mich ging das in Ordnung. Und Orlando wusste, wann er geschlagen war.

Max hatte nun also ein neues Zuhause. In Sekundenschnelle nahm er unsere Wohnung in Besitz. Er machte uns klar, dass die blaue Mixschüssel für sein Mittagsschläfchen reserviert war und dass auf meinem Bett das beste Kissen ihm gehörte. Er ließ uns wissen, dass er Krabben und Anchovis bevorzugte und Kartoffeln und Gemüse verabscheute.

Alle Tische im Restaurant waren heute belegt. Das war schon die ganze Woche so gewesen. Wahrscheinlich, weil alle Leute in der Haifischflossenbucht von dem Faulen Fred und seiner Festnahme gehört hatten.

Aber es gab noch einen andern Grund dafür, dass unsere Seewolfbar auf einmal so gut lief. Nach ihrem Dienst von acht bis vier Uhr nachmittags übernahm Kitty die Küche. Manchmal ließ sie Töpfe und Pfannen fallen oder kleckerte mit Soßen oder Schlagsahne. Aber kochen konnte sie wunderbar. Sie machte *Piroggen,* kleine, mit Fleisch gefüllte Teigtaschen, die einem auf der Zunge zergingen. Oder kalten *Borschtsch,* eine rötliche Suppe, die eisgekühlt serviert wurde. Zum Nachtisch gab es *Loditschki.* Das waren Makronen, die wie winzige Schokoladenboote aussahen. Oder sie machte die beste Marmeladenrolle, die ich je gegessen hatte.

Der Duft der russischen Gerichte zog raus auf den Pier und niemand konnte widerstehen. Die Angler legten die Angel weg und standen Schlange. Touristen erschienen in Pulks an der Tür. Und dauernd klingelte das Telefon, weil jemand einen Tisch bestellen wollte.

Alle streichelten Max, bevor sie sich setzten. Er saß auf der Registrierkasse und behielt alles im Auge. Stolz trug er ein bernsteinfarbenes Halsband, das ihm die Polizisten von Kittys Revier geschenkt hatten.

Und Orlando hörte gar nicht mehr auf zu lächeln. Nachdem Kitty Fred im Revier abgeliefert

WELCOME
DINNER
Specials
#5

hatte, war sie zurückgekommen, um bei uns zu essen. Und wir hatten Orlando alles erzählt, was passiert war, Kitty, Kas und ich.

»Es war also Fred, der alles gestohlen hat. Den Bernsteinring und sogar Holz direkt von Jacks Laster«, hatte ich gesagt.

»Und dann kam Jack und der Kater sprang mit dem Ring im Maul auf den Laster«, ergänzte Kas.

Ich glaube kaum, dass Orlando uns überhaupt zuhörte. Er konnte die Augen nicht von Kitty abwenden. Vielleicht wegen ihrer roten Perücke. Es hatte sich nämlich herausgestellt, dass sie die Rothaarige war, auf die Orlando seit ihrem ersten Besuch wartete. Nicht mal ich, die beste Detektivin in der Haifischflossenbucht, hatte das erraten.

Und jetzt reichte sie mir gerade eine Platte mit *Piroggen,* die ich hinausbringen sollte. Sie trug einen wunderschönen Bernsteinring, den Orlando ihr heute geschenkt hatte.

Nein, es war nicht *der* Ring.

Ich brachte die Platte an Malkas Tisch. Sie schwenkte die Hand mit *dem* Ring. Er war wieder da, wo er hingehörte. »Ich hätte nie gedacht, dass ich ihn wieder sehe«, sagte sie. »Aber ich habe es mir so gewünscht. Ich darf gar nicht daran denken, was ich dem Faulen Fred alles zu essen geschenkt habe.«

Ich ging an den Tischen vorbei zur Kasse. Ich hob Max hoch und nahm mir ein paar Pfefferminzbonbons. Am Pier wollten wir Kas treffen. Wir mussten nach einem neuen Fall Ausschau halten.

Kittys Pfirsich-Überraschung

(Max liebt die Krusten. Minnie das Ganze.)

Man nehme

6 Scheiben Brot
Schneide die Krusten ab und gib sie der Katze.

6 Scheiben Butter
Ungefähr 150 Gramm. Behalte ein bisschen davon zurück, um das Backblech einzufetten.

6 Esslöffel braunen Zucker

6 frische Pfirsichhälften
Vergiss nicht, die Schale abzuziehen. Die Kerne kannst du im Garten einpflanzen.
Bitte einen Erwachsenen, dir den Backofen auf 250 Grad vorzuheizen. Fette ein Backblech gut ein. Buttere die Brotscheiben von beiden Seiten und lege sie auf das Blech. Streu die Hälfte des Zuckers darüber.

Teile die Pfirsiche in zwei Hälften und lege sie mit der Schnittseite nach unten auf die Brotscheiben. Streu den restlichen Zucker darüber. Die Backzeit beträgt 15 Minuten.

Und was ist die Überraschung?

Orlando sagt, eine Prise Zimt.

Minnie sagt, ein Esslöffel Schlagsahne auf jede Portion.

Kitty Kirov sagt, je eine Kugel Pfirsicheis.